中国好诗

第六季

万古烧

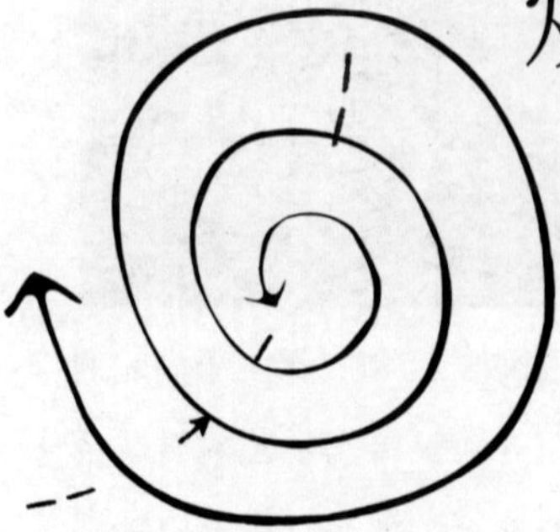

张执浩 — 著

天津出版传媒集团
百花文艺出版社

张执浩，1965年生于湖北荆门。现为武汉市文学艺术界联合会专业作家，湖北省作家协会副主席，《汉诗》主编。主要作品有诗集《苦于赞美》《撞身取暖》《宽阔》《高原上的野花》等，另著有长、中、短篇小说作品多部。曾获人民文学奖、华语文学传媒大奖年度诗人奖、《诗刊》年度陈子昂诗歌奖、第七届鲁迅文学奖等。

拉扯出“房间里的大象”

——读张执浩

◎ 霍俊明

我总能在丘陵中找到我要的各种生活
尤其是在我步入中年之后
——张执浩《丘陵之爱》

像张执浩这样一个写作多年且在诗歌界获得了广泛共识的诗人,其文本的“细枝末节”或“无意之举”都会因为“精细阅读”而被格外放大甚至引发“微言大义”的阅读效果。这一“显微镜”式的阅读可能是精准的，也可能是误读的。

1.

张执浩最新的诗集《万古烧》收录了 2017 年以来近三年的诗作。其中很多诗作带有“目击成诗、脱口而出”的性质，根本毋需阐释和剖析，这印证了麦克利什在《诗的艺术》中所说的“一首诗不应说明什么 / 而应该本身就是什么”。诗人自觉地剪除掉了枝枝蔓蔓的语言并抹平了诗歌构造自身的斧凿痕迹，而选择了自然、原生、朴素、至简的直取核心和要义的语言方式，从而呈现出“大道至简”“水落石出”的质地，比如诗集中的同题诗《万古烧》——

> 我买了一口好锅 / 可以用一辈子的那种 / 陶土的，有松木盖的 / 只要天塌不下来 / 我就可以一直用它 / 煲汤，烧肉 / 但更多的时候我宁愿 / 它就那样闲置着 / 像我一样空空如也 / 却不可测度

近年来我在阅读具有重要性的诗人的时候总会冒出如下两句话：“如其所是”“如是我闻”。

“如其所是”印证了“事物都完全建立在自己的形状上”（谢默斯·希尼），是目击的物体及其本来面目，其更多诉诸于视觉观瞻、襟怀以及差异性的“取景框”。

“如是我闻”强化的是主体性的精神自审和现象学还原，是对话、辩难或自我盘诘之后的精神生活。

用这两句话来评价近年张执浩的诗歌可能比较合适。

诗人应该具有兔子式的长耳朵，精敏于万有之声以及起于青蘋之末的微毫之变，“而真实的兔子是原野上的这对长耳 / 高于这个时代的聒噪，低于 / 草根环抱的鬼魂，现在，它伏下身来 / 表达对肉体的厌弃……”（《兔子》）。

“如其所是”和“如是我闻”所共时打开的正是一个诗人的精神意志。

2.

张执浩前后两个时期的诗歌风格差别很大，但是一些质素却一直在延续和深化，这就是一个“示弱者”和“被词语找到的人”的观察位置和精神视界。“示弱者”的精神姿态必然携带着“黑暗命题”。这是生活的暗影和光芒的同时登场，有火焰也必然有灰烬。

这样的诗歌往往是突破惯性意识而呈现出不确定性以及怀疑的细小闪电。诗歌本身就是独立的特殊构造的精神现实。张执浩的诗总是让我们在一个个日常细节、生活情境和生存现场中遭逢和直击与众不同的“现实感”和细微不差的“声响”。

这样的诗歌更类似于精神和生命意义上的“托付”，恰如谢默斯·希尼说的“普通事物的味道变得新鲜”。张执浩曾经说过：“一个诗人究竟该怎样开口对他所身处的时代说话。”显然，“时代”是一个高音区的大词，甚至它可以被替换为其他的大词。

张执浩的写作方式总会引发诗人对“现场”“生活”问题的重启，而真正的诗人总是能够让我们在看到生活幽深根系的同时，也将那些被惯见所忽视或遮蔽的“房间里的大象”“灰犀牛”等这般的庞然大物拉扯出来“示众”。因为诗人与“生活”之间往往充满了悖论关联，所以诗人是精神层面的下潜者和逆行者，他阻止的是惯性、成见、常识，并且让黑夜变得愈加透明，“现在我替它记下了/那长达数年的惯性/再用一块抹布轻轻拭去”（《狗年忆狗》）。

张执浩的近作基本都是“小诗”，几乎与任何“大词”“大诗”无关。这印证了张执浩强调的诗歌是个“小东西”，而诗人是个“大家伙”。

它们是一个个细小的切口，是日常的所见、所闻、所感，是一个个与己有关又触类旁通的碎片，是日常情境和精神写实的互访与秘响。这些诗的沉思质地越来越闪亮，是由抒情和激情向叙事性与同情的转换与过渡，“我想抒情，但生活强迫我叙事。诗歌已经转世。”（张执浩）

如果我们环顾当下中国诗坛，即时性、感官化、私己化的写作几乎无处不在，诗人深陷于日常的欣快症或愤怒症。无论是自嗨还是批判，这些诗歌几乎都是写作者在事物的外围闲逛而又“自以为是”的产物，这些诗既不具备诗学难度也缺乏精神难度。诗人到底应该和谁说话？其诗歌具备什么样的功能？张执浩对此做出了回应：“当我终于有了爱的自觉 / 诗是什么已经不重要了 / 重要的是我已经学会了如何 / 将偶然之爱混淆于必然之爱中”（《玫瑰与月季》）。这又回到了诗歌的效力和活力问题。

需要注意的是张执浩近期的诗歌越来越频繁地呈现出宽宥与纠结并置的声音。这是所谓不彻底的诗和不纯粹的诗，平心而论我反而更喜欢这种颗粒般的阻塞感和生命质感，因为它们并未经过刻意的打磨、修饰和上蜡的过程。

“诗与真”要求诗歌具备可信度，即诗歌必然是从骨缝中挤压出来的。这种“真”不只是关乎真诚和真知，还必然涵括一个诗人的贪嗔痴恨爱恶欲等世俗杂念，“那天山上起了大雾 / 我在能见度不足百米的 / 栈道上慢慢走着，心想 / 如果我也像它们那样 / 一动不动地伫立在悬崖旁 / 你会不会以为我也是 / 时刻准备为生活就义的人 / 只是那时我还没有想好 / 遗嘱。现在我想清楚了： / ‘那些生活在悬崖边的 / 肥美的松菌我还没有吃够。’”（《黄山松》）。

质言之，诗人应该捍卫的是诗歌的“提问方式”，即诗歌应该能够容留“不纯”“不雅”与“不洁”，从而具备异质包容力和精神反刍力。与此同时，对那些在诗歌中具有“精神洁癖”的人，我一直持怀疑的态度，因为可读性绝对离不开可信性。

2.

张执浩通过对“日常细节”的深度观照以及细节凝视来完成诗歌的精神共时体构造。这要求诗人具备“深度描写”和情感唤醒、惊动人心的能力，具备里尔克式的“球形经验”。由此，诗歌更类似于心灵的投石器，在短暂的沉寂和同样短暂的回声中诗人往往会清理出那些恍惚而真切的记忆之物并予以长时间的凝视：

> 清理鞋柜的时候发现 / 大多数鞋子已经不合脚了 / 你甚至记不起什么时候穿过它 / 更想不起穿它去过哪里 / 道路迷失在鞋底 / 鞋帮已经扭曲 / 有的甚至左右难分 / 你把它们逐一拿出来 / 摆放在门口仿佛看见 / 家里涌进来一群人 / 而此时屋子里异常安静 / 你赤脚走动时 / 能听见心脏的扑腾声
>
> ——《今年的最后一首诗》

与此“心理结构”相似的诗还有《滚铁环》《一杆秤》《笤帚经过大地的声音》《无主之树》《替我回家的人》《草垛》《钨丝的颤栗》《我的梦》《夜

晚的习惯》《有一次》《南瓜诗》《芡实与菱角》《草木灰》。“我滚过的最大的铁环 / 是一只永久牌自行车的轮圈 / 我用弯钩推着它 / 摇摇晃晃地上路 / 八月的星空 / 高高的谷堆 / 我绕着晒谷场一边跑 / 一边想象着黑暗的尽头 / 当我越跑越快 / 铁环溅出了火花 / 我感觉自己已将黑暗推开 / 而身处黑暗中的父母放下蒲扇 / 紧张地望着我 / 看见我消逝在了黑暗深处”（《滚铁环》）。

这既是物体自身，又是精神的还原，还是过去时的生命体的物证和回溯、再现。《滚铁环》这首诗会让人想到凡·高笔下的农鞋以及海德格尔对它的精神还原。这是存在意识之下时间和记忆对物的凝视，这是精神能动的时刻，是生命和终极之物在器具上的呈现、还原和复活。

张执浩的诗是精神事件式的话语方式。物象、表象、细节、场景因为诗人精神能力的参与而转换成了诗人的意象、心象、原型和象征，这既是具体的诗又是元素的诗，这既是个人所见所闻又是唤醒旁人的特殊结构。比如《有些花不开也罢》，该诗由两部分组成，而很多诗人只能完成的是第一部分，即立足于生活现场的此刻观感和即时性的描述——

“无花果的叶子就是无花果的花。”
——我忘了这是毛子还是东林说的
也忘了是在张家界还是在涠洲岛

此刻我一边吃无花果一边上网查——
“无花果并非不开花，而是花小
藏于花托内，故又名隐花果……”

很多诗人基本会就此止步，实则这都是“未完成的诗”和诗歌残次品，因为这些浅层观感和实用性描述完全属于常识和惯见，而诗人必须是具备发现意识和精神能力的人，反之他就辜负了“诗”这一汉字的本意以及诗人的职责。

接下来，张执浩则完成了该诗的第二部分，也就是一般诗人“写不出”“没有写出”的核心部分——

此刻，我似乎已经真理在握
却又感觉特别虚弱——因为
我也像一颗隐藏在花托中的果子
你们看到的我都是我的结果

与此相类，《油炸荷花》《在蒸锅旁》《带绿叶的金钱橘》《泡木耳》《跳出油锅的鱼》《万古烧》《冰箱贴》等“口腹之欲”的诗（张执浩称自己是“热爱床和厨房的人”）都具有即时性描述与深层精神视域交织的互补结构——

把新鲜的荷花 / 一瓣 / 一瓣 / 撕下来 /
蘸上面粉 / 放进滚烫的油锅里面炸 / 一望无际

的江汉平原 / 明晃晃的天空下面 / 采荷花的人继续采荷花 / 磨面粉的人继续磨面粉 / 油锅沸腾，你看 / 滚烫的油水 / 多么安静

——《油炸荷花》

探入根茎的人必须用双手挖掉硬土和黏泥，这样形成的诗歌正因“追根溯源”而免于被记忆“毁尸灭迹”，“至今也没有学会隐身术或遁地术。我在我这里，我这里是工地。如同那部电影里的那群小镇居民一样，我也会惶恐，我也会狡黠使诈，我也会为了不让内心里的那座山丘消亡，而动用我全部的体力和脑力”（张执浩：《为了高高的小山丘》）。

这是诗歌从现场、细节和观感进入诗人的内部构造和精神内宇宙的过程，是内化的觉悟和精神化的现实。张执浩已然将生活和现场提升到了个体层面的“精神事件”“心理剖析”的高度。这也印证了诗人的发现能力不只和个人经验有关，还应该与生存现实的阔大场域建立起闪电般的关系，这样的诗就同时具有了命运性、现实感和普世性价值。

3.

自我与自我争辩产生的才是诗，正如谢默斯·希尼所直陈的那样：“我写诗 / 是为了看清自己，使黑暗发出回声”（《个人的诗泉》）。由此生发出来的诗歌就具有了精神剖析和自我指示的功能，这再一次显现了诗人对自我肖像以及时间渊薮的剖析、审视能力，“我在一年将尽之时走到了自己的身旁 / 我挨我坐下就像终于挨着了你 / 手指轻拍膝盖 / 身体里有呼啸声应和着 / 闪烁的波浪，动荡的太平洋 / 我知道，这是我仍有把握 / 以诗人之身活在人间的真正原因”（《在涠洲岛看落日》）。

真正的诗歌类似于生命体验、求真意志以及精神词源所一起淬炼出来的凝恒诗句，类似于某类痛苦的结石或晶体——

> 每当活不下去的时候 / 我会立即起身 / 从鞋柜上的钱罐里 / 抓起一把硬币 / 去菜市场闲逛 / 每当我叮当作响 / 走在人群中，内心里 / 有一种无法抑制的快乐在涌动 / 这快乐近似于我小时候 / 摇晃着积攒的钱罐 / 站在榆钱树下等候货郎的身影 / 我在五颜六色的菜市摊旁 / 一遍又一遍走着 / 当硬币花光时 / 某种一名不文的满足感 / 让我看上去不是一般的幸福
>
> ——《抓一把硬币逛菜市》

诗歌从来都不是“绝对真理”，而是类似于语言和精神的“结石”，它们于日常情境中撕开了一

个时间的裂口，里面瞬息迸发出来的记忆和感受粒子硌疼了我们。

这不是燃烧迸裂的诗，而是冷彻之后静置的诗，是对个体命运的重新掂量。

诗歌永远是一个动态的过程，“总有一天我们必须加倍老实地呵护着各自的肉体返回来，回到生活的现场中，而此刻，‘生活’便成了一个动词，它可能是世界上最慢的一个词语。”（张执浩：《始于生活的写作》）

张执浩一直在重新估量生活，重建诗人与生活的关系，现实经验和语言经验必须同时得以更新。这是应答，也是不断加深的疑问。

张执浩的诗歌对“生活”“现场”“现实感”予以了格外的凝视。一个诗人能够对日常状态、物体细节、生活褶皱以及命运渊薮予以发现，这无疑更具有精神难度。“若是你依托自然，依托自然中的单纯，依托于那几乎没人注意到的渺小，这渺小会不知不觉地变得庞大而不能测度……”（里尔克）张执浩这方面的代表作包括《深筒胶鞋》《小实验》《砧板》《鱼刺》《秋葵》《有一棵果树》《熬猪油的男人》《一点生活》《中午吃什么》《你把淘米水倒哪儿去了》，比如“我在上面切过萝卜也切过手指 / 我切过母亲出现的一幕 / 也切过母亲消逝的一幕”（《砧板》）。

此时最容易发生的就是龃龉之诗和反讽之诗。

这必然还是各种对应物面前精神内视的过程，诗歌也因此具备了修正和补偿的心理能量，“若干年前我假装走投无路的样子 / 经过那里，看见阳光的大巴掌 / 拍打在瓜皮上 / 瓜瓤内部的嗡嗡声 / 是夏日里最美妙的声音 / 所有走投无路的人 / 都像瓜籽一样挤在一起 / 又闷热又清凉”（《平原上的瓜棚》）。偶然的、碎片化的细节和场景之所以能够成为诗歌，正得力于诗人探幽发微的能力以及精神能见度，“无论你面向何方，到处都能使你产生相似的惊讶。世界收藏着无数细节，无不值得注意。”（《米沃什词典》）

生活这一动态结构因为流动、变化和开放而形成了人们的差异性认识。

张执浩给出的疑问是“我不知道橘子树上 / 结的是否都是橘子”（《有一棵果树》）。诗人和作家的责任或道义在于他要不断完成类似于现象还原的工作，并且要不断强化写作中的“真实”“现实感”，而决不是去仿写现实或做现实新闻的下脚料，“各种影子投射在墙上，他们把这些影子当成现实。”（切斯瓦夫·米沃什：《墙上的影子》）

尤其当这一视野被放置在迷乱而莫名的社会景观当中的时候，诗人更容易被庞然大物所形成的幻觉遮蔽视线，这正需要诗人去拨开现实的雾障。速度史取代了以往固态的记忆史，而现实空间也正变得越来越魔幻和不可思议。在加速度运行的整体时间面前，诗人必须时刻留意身后以及周边的事物，如此他的精神视野才不致被加速度法强行割裂。如果他对自我以及外物丧失了凝视的耐心，那么一切都将是模糊的、匆促的碎片和马赛克，一个诗人的精神襟怀和能见度也就根本无从谈及。这也必然决定着一个诗人的精神能见度。

围绕着这些移动化的物象和工具化空间，张执浩呈现了个人化的历史想象力，因为这些工具化的存在对应于不同时间阶段和空间区隔中的现实和历史。我们可以看看当年张执浩和同伴第一次遭遇火车时的惊愕情形：“夜幕已经完全降临，就在我们依依不舍之际，一声高亢激越的汽笛声从正前方传过来，接着，脚底下的枕木发出阵阵颤抖。火车真的来了！只见一束强光从正前方投射过来，锉刀一般将铁轨擦得铮亮。我依稀看见伙伴们飞快地从铁轨上弹跳起来，眨眼间就消逝在了路边的树林里。我也不顾一切地蹿过一个土堆，连摔几跤，屁滚尿流地跌倒在了几十米开外的茅草丛中……”（张执浩：《倘若故乡只剩故居》）。这是对加速度移动景观时代的一个疑问重重的发问，诗人目睹的正是被抛弃、被忽视的部分，“不断提速的路上能够看清的东西 / 已经越来越少”（《平原上的瓜棚》）。

4.

在我看来，“诗人中的诗人”除了要对生存空间的暗处甚至隐秘不察的细节予以发现和“抵达”，他人而产生同感，同时还应于“元诗”意义上对词语、修辞和技艺有所坚持或重新发现，这也是精神乃至思想层面的对词语的对应和激活。

从“说话”的语气、态度、方式已经转换来看，张执浩的诗歌更类似于“说话”。

“说话”在张执浩这里，有时是对精神自我、旁人、异己以及世相说话。《与父亲同眠》《覆盖》《继续下潜》《吃树叶的人》中“说话者”所面对的空间既指向了身边可见之物，也指向了死亡、命运以及虚无本身，“中午时分，我们埋葬了世上的最大的那颗土豆 / 从此，再也不会有人来唠叨了 / 她说过的话已变成了叶芽，她用过的锄头 / 已经生锈，还有她生过的火 / 灭了，当我哆嗦着再次点燃，火 / 已经从灶膛里转移到了香案上 // 再也不会有人挨着你这么近睡觉 / 在漆黑而广阔的乡村夜色中，再也不 / 睡得那么沉。我们坚持到了凌晨 / 我说父亲，让我再陪你一觉吧 / 话音刚落，就倒在了母亲腾给我的 / 空白中”。

重要的诗歌都是精神共时体，它们不仅具备穿透时空的精神效力和语言活力，而且总会具备召唤记忆和情感的特殊共鸣结构，“秋葵怎么做都好吃 / 怎么念都好听 / 我记得第一次带你吃它的情形 / 那是一个夏天 / 我俩坐在楚灶王的窗边 / 我一边翻着菜谱一边指着秋葵 / 说：这个好吃！ / 我记得你自始至终 / 那副心满意足的样子 / 那也是我第一次吃秋葵 / 第一次觉得我们不在一起 / 多可惜”（《秋葵》）。

2018 年以来，张执浩写了系列关于“父亲”以及“母亲”的诗，比如《大雪进山》《为罗平油菜花而作》《祭父诗》《每家都有上山的人》《烟花表演》《尺度》《在一起》《咏春调》《樟脑丸》《草木灰》《茄子》《有一次》《停止生长的脚》等。这不只是生离死别的复述，这也是一个诗人在乡村记忆和现实表述中的危机时刻，还是一个诗人试图在诗歌中重组一个破碎的世界。这维护的正是一个诗人的记忆免于被黑暗吞噬，记忆近乎是诗人最后的倚凭之物。

最难的恰恰在于“目击成诗”。在张执浩这里可见的和不可见的形成了亮光与阴影之间的戏剧化呼应。无诗意甚至反诗性的事物进入诗歌无疑会增加诗歌之胃的消化能力和反刍能力。这种容留性的诗歌写作在一定程度上会消除诗人的偏执特征。这是一种更具包容力的写作，是维持写作成为“问题”的诗。

任何人所看到的世界都是有限的，而对隐匿的不可见之物以及视而不见的类似于“房间里的大象”这般庞然大物予以精神透视，体现的正是诗人的精神能见度和求真意志——

一群羊走在雾中
一列火车走在雾中
它们并行
它们穿过我日常的空洞
而我什么也没有看到，也没有看清
是什么东西在挤压我的喉咙

——《一群羊想过铁路》

2020 年 4 月—5 月

目录

第一辑 冰箱贴

第二辑　一杆秤

第三辑　咏春调

第一辑

冰箱贴

001

068

张公解梦录

梦见牙齿掉了
意味着
我呀我呀我呀
梦见你
从远方跑来
亲吻我
你呀你呀你呀
梦见我都这样了
你居然还是那样子

2018

空欢喜

左边有水杉
右边是樟木
晨光临近了
我乐在其中
我乐于靠在枕头上
怀抱另外一个枕头
想象你也是这样
扭头看着窗外的春风
一会儿蹑手蹑脚
一会儿探头探脑
如果我们都不看它
它就会使劲地
摇晃树梢直到
把一只鸟摇下天空

2018

把手伸进别人的兜里

把手伸进别人的兜里
那是什么感觉
如果是一只空兜
正好填满你的手
把手伸进你爱的人的兜里
再也不想拔出来
那是什么感觉
再也不想像今天这样
在冷雨中
在自己的兜里寻找你的手了

2018

你以为呢

蕙兰开了一个月还是谢了
我把凋落的花瓣捡起来
埋在了山茶花盆里
山茶树今年没有开花
越过冬天茎叶枯萎了
我把它连根拔起来
放进了垃圾堆
搁在灶台一角的大蒜发了芽
我把它们埋进了闲置的花盆内
阳光照着绿油油的蒜苗
生也好看
死也好看

2018

认领

春分过后阳气回升
伸懒腰的人也拉抻着驼背
走在路上时常感觉
这也可以有
那也是自己的
尤其是在黄昏
逆光中的少女忽走忽停
像一个个忽近忽远的发光体
婆娑的季节就要到了
路边的香樟树要在风中
抖落一些旧叶
才能为新芽腾出空枝

2018

地球上的地方

——给印

乘两班飞机再转
数小时的巴士
可以去任何地方
当我站在地球上打量
地球之外的任何地方
看见你正在转动
怀抱里的地球仪
你已经找到了自由
接下来你要寻找平静——
那么多的树木在森林中安息
你走在斑驳的林间
踩着阔叶林遇见了针叶林

2018

有些花不开也罢

“无花果的叶子就是无花果的花。”
——我忘了这是毛子还是东林说的
也忘了是在张家界还是在涠洲岛
此刻我一边吃无花果一边上网查——
“无花果并非不开花，而是花小
藏于花托内，故又名隐花果……”
此刻，我似乎已经真理在握
却又感觉特别虚弱——因为
我也像一颗隐藏在花托中的果子
你们看到的我都是我的结果

2018

数花瓣

蔷薇的花瓣是恒定的
如果此刻你在蔷薇身边
可以试着数一数
然后转告热爱过她的人
但蔷薇的叶片却不是
我见过无数的落叶和新枝
它们循环在一只花盆周围
那种死去活来的样子
你根本无法描述
有时候我会手持剪刀
走进姹紫嫣红的春天
徘徊在不甘与不舍之间
有时候我会蹲下来想一想
什么是值得我期待的
蓓蕾抿着嘴
忍受了我的絮语
她很难想象这世上的美好
居然都大同小异

2018

慢动作

所有的慢动作都好看——
绿芽慢慢拱出泥土
花苞慢慢张开
花瓣边落边在风中旋转
涧溪得过且过，而蝌蚪
在尾巴脱落的瞬间
趾蹼才分出了清水与浊流
——这些慢啊，这
所有的慢
都抵不上从道路尽头
缓缓驶来的那辆轮车
轮辐在朝阳里闪闪发光
当我们看清楚它的时候
它已经沉浸在了晚霞中
而此时你我在熙攘的街头
像所有的人一样擦身而过
我回头看过你了
但你没有看我
你回头看我的时候
我假装骄傲地消逝在了人群中
然后你上了你的轮车

我下了我的坡道
我慢慢活成了我，活成了
你再也不想见到的那一个

2018

睡前故事

最好听的故事讲到一半
会遇到睡眠；最平静的
呼吸里浮现过一张
从来没有见过的脸
最好看的人不是别人
也许就是你了——你
俯身在床头像
一本摊开的连环画
折痕处往往是故事的低谷
我曾是最好的听众
在没有人见过的黑暗中
我曾是最好的读者
在无人入睡的晚上
最好听的故事从前发生过
今后还会继续
今后还将由我向你转述

2018

花事

繁忙的季节已经来临
我这里到处都在开花了
你那里也是吧
你身边的人昨天给我打过电话
说起他曾经爱过的人
依然貌美如昨，依然像
那天傍晚我站在樱花树下
看见对面山坡上的那簇梨花
梨花的背后还有桃花
而你在海棠花下
歪着头，捋着一缕缕
先前被人弄乱的长发

2018

更好的人

晨起熬粥的人在鸟鸣声中
喝下粥，他清楚地听见
送奶工把手伸进了奶箱盒
晨起看日出的人在山顶的浓雾里
眺望浓雾，哦浓雾
晨起讨生活，终究还是晚了
更好的生活已经名花有主
更多的人像我一样
在梦里艰难地挪动
更好的人配得上这样的
一天——既新鲜又世俗
他将在碌碌无为中享用
身体里塞满了懊恼与满足
他配得上这样的白日梦
谁也不会去打搅他
他也不会去说服谁

2018

抓一把硬币逛菜市

每当活不下去的时候
我会立即起身
从鞋柜上的钱罐里
抓起一把硬币
去菜市场闲逛
每当我叮当作响
走在人群中，内心里
有一种无法抑制的快乐在涌动
这快乐近似于我小时候
摇晃着积攒的钱罐
站在榆钱树下等候货郎的身影
我在五颜六色的菜市摊旁
一遍又一遍走着
当硬币花光时
某种一名不文的满足感
让我看上去不是一般的幸福

2018

无题

年纪大了梦想就会变小
当我意识到
某一天
我从大梦中醒来
脑海里却没有梦过的划痕
脸上也无悲无喜
当这一天无声无息地
来到我身边
像今天这样
蜷在床头
窗外，樟树叶正在经过隆冬
寒风熨着苍茫的人境
我几乎就要度过了
这意犹未尽的一生

2018

抹香鲸在睡觉

我第一次看见抹香鲸在睡觉
一根千年古木倒插
在大海深处
大海在睡觉
我第一次被一个庞然大物的睡姿
感动了——它漂浮
在蔚蓝的梦境里
像婴儿一般漂浮
在母亲的子宫中
阳光从高处插下来像栅栏
维护着抹香鲸
漆黑的身躯
这透明的黑暗
让整个大海忽远忽近

2018

狗年忆狗

墙壁转角处
满是花旦的蹭痕
昨天做卫生
我对我说：
再也不养宠物了
话音刚落就看见花旦
在照片里
怔怔地望着我
那无辜的神情
栩栩如生
如同它在世时
每次我们出门
从门缝里钻出的
那最后一瞥——
门关上
它趴下
侧耳倾听
熟悉的足音
与陌生的世界汇合
它只能无力地
从一个墙角踱到另一个墙角
它不记得自己在我们不在的

时候干过什么
现在我替它记下了
那长达数年的惯性
再用一块抹布轻轻拭去

2018

逆行

一个女孩逆行的时候往往会低着头
但一群女孩逆行时她们会逼迫你低下头去
一群女孩迎面走来像一串音符
在跳荡，却不拘囿于五线谱
再宽的马路也是拥挤的
再趾高气扬的男人都不在话下
昨天下午我跟在他身后
看着他越来越稀疏的后脑勺
太阳就要落山了
我有点想哭

2018

惟愿

惟愿我的泡菜坛清亮如初
豆角、竹笋、萝卜和白菜
合乎你的胃口，惟愿
你的味觉还保持着
纯正的天经地义的味觉
红的是辣椒
黄的是姜片
白的是蒜头
你是你，我依然是我
惟愿世道风平浪静
坛沿水永不干枯
我在密封中慢慢发酵
惟愿你来的那天我正好启封
空气中弥漫着你久违的味道

2018

黄山松

从黄山上下来两年后
我又一次想起了
那些高高低低的松树
它们的姿势真的很像烈士
披头散发甚至戴着镣枷
昂首挺胸甚至肩并肩地
站在悬崖边
那天山上起了大雾
我在能见度不足百米的
栈道上慢慢走着，心想
如果我也像它们那样
一动不动地伫立在悬崖旁
你会不会以为我也是
时刻准备为生活就义的人
只是那时我还没有想好
遗嘱。现在我想清楚了：
“那些生活在悬崖边的
肥美的松菌我还没有吃够。”

2018

春天来人

出门遇雨也许不是坏事
有闲情想想去年此时
你身在何处
如果去年此时也在下雨
不妨想想前年甚至
更遥远的过去
春雨总有停顿的间隙
你站在廊下看屋檐水
由粗变细，而河面由浊变清
远山迷蒙，裤管空洞
有人穿过雨帘走到跟前
甩一甩头发露出了
一张半生半熟的脸

2018

花饭

一碗花饭有若干种吃法
我选择最古老的那种——
端着碗，赤脚蹲在多依河边
自己吃一口
喂鱼儿一口
到最后，碗底现出了彩虹
我选择用这种目瞪口呆的模样
来称颂艳丽而呆萌的乳茄
鸟雀在对岸的树梢上
换着花样叫唤
打鱼的人撒下网
并不急于收网
春天来了，吃饱了饭的人民
心满意足之余
也会像我一样
在房前屋后乱窜
把每一次散步当成了旅游

2018

蟑螂想不明白

蟑螂想不明白为什么
它一出现人人就会喊打
蟑螂在黑暗中
自如爬行，穿梭
每当灯亮的刹那间
它都不知所措
光明填满了黑锅
蟑螂沿着锅沿跑了一圈又一圈
却无法进入黑暗的内部
它要的黑暗远比人类能给予的
辽阔得多

2018

风吹树叶的声音

不进我屋子的风只是风声
如果没有树
它路过的时候可能无声无息
现在它抱着一棵樟树摇来晃去
让两片老死不相往来的树叶
终于有机会贴在了一起
像两个孪生兄弟
一出生就各自东西
我站在风的外面打量它们
我站在窗前倾听风声
我的头顶是一台木质吊扇
整个夏天它都在转啊转
如果它停止转动了
就意味着我出门
去找我的孪生兄弟去了

2018

完整的彩虹

完整的彩虹只在纸端出现过
我有纸，你有蜡笔
所以我们应该在一起
完整的生活将被人这样描述：
“穹顶之下，独木难支。”
完整的梦我从来没有完成过
（也许它在梦中是完整的）
我在一场秋雨后醒来
我在天边的一顶帐篷里想象
你钻出帐篷的模样
阳光点燃了你浓密的发梢
天边传来一声惊呼
你危险又安然度过了
又一个完整的夏天

2018

油炸荷花

把新鲜的荷花
一瓣
一瓣
撕下来
蘸上面粉
放进滚烫的油锅里面炸
一望无际的江汉平原
明晃晃的天空下面
采荷花的人继续采荷花
磨面粉的人继续磨面粉
油锅沸腾，你看
滚烫的油水
多么安静

2018

同类的忧伤

两个惺惺相惜的男人
各自拿着一把铲子
蹲在地球上找土
这是夏日的正午
连鸟雀都在午休
地球上仿佛只剩下了他们俩
唉声叹气的声音
从这里到那里
又折回到这里
蹲在围墙边的树篱下
他们开始挖
足足半个小时后
才直起腰来
拎起一只黑色的塑料袋
正要离开
我迎了上去看见
袋子里装满了混凝土和碎石
三个惺惺相惜的男人
穿过滚烫大地
来到楼顶平台
一只空洞的陶盆外沿上兰草茂盛
盆里放着几株奄奄一息的菜苗

他们把袋中物倒进盆内
轮换着用铲子捣鼓
从平台尽头望过去
故乡只剩下了一个方位
三个男人和几株幼苗
站在夏日正午的楼顶上
如果此时有第四个人来到这里
如果有更多的人来到这里
围绕在这只陶盆旁
这算不算得上同类的忧伤

2018

关于我的睡姿

我没有见过我的睡姿
当我像虾米一样
蜷曲，或者像个十字形
我能感觉到身体正在挣脱
梦中人赋予它的原形
我总是在入睡前翻来覆去
而入睡后难道会像一片云？
我这样设计过
与你同床共枕
的情景——两朵云
如胶似漆叠加在一起
雨在下面，雨一直在下
我一直这样保持着干涸的模样
像你小时候在泥塘里见过的
那条挣扎着的鱼
当它放弃了挣扎
也就完成了命运对它的塑形

2018

旅途札记

我有对床的恐惧
越是宽大整洁的床
这恐惧越盛
冬天即将来临
旷野不再拥挤
我有对旅途中孤零零的客栈的恐惧
怀着不安再看一眼
清凉的落日，和
浸泡在窗外河道里的枯枝
关上门窗
我坐在堆着四只枕头的床上
仿佛坐在地球上最荒凉的地方
这么宽大而整洁的荒凉
像这首诗一样

2018

在蒸锅旁

把蟹腿塞进蒸锅
把牢牢抓紧锅沿的蟹腿
使劲往锅里面推
足足花了三分钟
螃蟹们才安静下来
透过玻璃盖
我又一次清晰地看见
这么多的钳螯
在雾气中高举着
当它们慢慢放下来
我也渐渐适应了
用不幸养育幸福

2018

带绿叶的金钱橘

一只金钱橘
辗转来到我手上
还带着两片叶子
我喜欢娇羞的绿叶
胜过于橘子本身
它让我能想象
那位陌生的采橘人
站在梯子上
头顶蓝天
善解人意

2018

一盏明灯

食素的人内心中有一盏明灯
当你对我说：眼前这些
豆制的鸡鸭鱼肉
更合乎生命的本意
我几乎相信了
我原本善类却错生为人
我也几乎看见了我体内
有一片开阔的牧场
我的牛马我的刍狗
正在五台山下，油松林里
残雪覆盖着寺院的屋脊
我拿残躯在大地上蹭来蹭去

2018

吹气球

在气球爆炸之前
你不能确定它能被吹多大
在气球爆炸以后
你也不知道它究竟被吹了多大
你一边吹一边抚摸
这个渴望触抚你脸颊的膨胀物
起初它像什么
后来它像什么
在气球爆炸前后
一只气球就这样在想象中膨胀着
你不能确定最后一口气
将在何时终止，你不能确定
一个人由满面通红到一脸茫然
这中间都经历过什么

2017，2019

泡木耳

你不知道我有多喜欢木耳
你没有见过
每当我把它们浸泡在水里时
我们同时心满意足的样子
像刚从梦中醒来伸伸懒腰
侧身望着窗外
昨晚又下过雨了
现在雨过天晴
木耳趴在湿漉漉的枝丫上
静静地聆听水滴
落在腐叶上的声音
你不知道我也曾这样
沉浸在遗世的欢乐中
以为我们都能像木耳这样
逆来顺受，生生不息
以为这世上最动听的声音
是我热泪盈眶地抱着熟睡的你
却终于忍不住
落在你脸上的泪滴声

2017

树叶走路的声音

树叶在空中走动时
你不一定留心过
嫩绿是一步
枯黄是另外一大步
你在树下来回奔波
直到一片叶子落下来
一树落叶在秋风中形成旋涡
你抬头时看见
天空已经发生了变化
从前长满树叶的枝丫上
落满了不知从哪里飞来的鸟
到了晚上，凌晨时分
大地上全是树叶的走动声
它们从树下跑到墙根下
它们集合又分散，分散又集合
像一群走投无路的人
走着走着
就消逝在了道路尽头

2017

太阳重新升起

我曾在故乡的小山顶上
目睹过太阳升起的全过程
之前有过很多次
之后很少再有这样的机会
哪怕是现在我坐在秋阳里
身体散发出烤红薯的气味
说你爱她，就应该憋红了脸再说
说过后自己也会面红耳赤
再也没有这样的机会了
当你和我一样远离故乡的山顶
登完泰山后又来到海边
说他爱你，就应该云淡风轻
你在风中紧拽他的衣襟
大声问："再说一遍？"
而此时他已经挣扎着跑远
回过头来看见
她的头发在燃烧
她的脸你一生只见过一回
之后每一次再见都是重现

2017

在涠洲岛看落日

我在涠洲岛上看见了最纯粹的落日
我在日落大海之际看见了
最真实的我，可以对视的
那个我，接受了孤独和黑暗的我
圆满的一天将终结于此
幸福的人在沙滩上像孩子
来回寻找被潮汐带上岸的杂什
幸福的沙子随波逐流
却没有卑微之感
我在一年将尽之时走到了自己的身旁
我挨我坐下就像终于挨着了你
手指轻拍膝盖
身体里有呼啸声应和着
闪烁的波浪，动荡的太平洋
我知道，这是我仍有把握
以诗人之身活在人间的真正原因

2017

河流拐弯的地方

河流拐弯的地方
河水你推我搡
从犹豫，慌乱，到咆哮
直至被彻底驯服
在下一个弯道来临前
当你站在高处平静地眺望
这段无比熟悉的河道
你是否有过不羁的冲动
有好多次
我守候在日落的地方
等着一个人
头破血流地朝我奔过来

2017

亲爱的弟弟

——致叶舟

从来就不存在穿肠而过的酒肉
所以你要在酒中歌唱
你的大漠、敦煌和黄河
从来都是花儿先开了
我们才会循着你的歌声去寻找
云在天上，天在河里
一个人活在另一个人的过去
从来都只有一个兰州
但每去一次就会多出一个来
像亲爱的弟弟
身边总多出一只酒杯
为他亲爱的祖国留着

2019

船桨划水的声音

我住在一座孤岛上
周围都是孤岛
鸟群只在早晚出没
我留意过鸦群起飞时
岛身有一阵晃动
捕鱼船像榛树叶
漂在水面上，其中一片
每天准时飘到我身旁
我住在这片树叶上就像
河水住在纵横交织的河道中
我听见划水的声音
每天由早晨的清亮转为
傍晚过后的清凉

2018

心里话

好久没见太阳了
今天特别想她
像想念你一样想她
像已经忘记了你一样
我忘记了
你现世的模样
和你不在世时
我难过的形状

2018

会笑的人已经不多了

把别人的孩子抱在自己的怀里
先把他弄哭了然后
再把他逗笑——这不是
一件容易的事情
给他看阳光，花朵
摇响你手中的拨浪鼓
给他看你年轻时候的笑容——
这不是抹去皱纹就能够还原的生活
会笑的人已经不多了
会哭的人也是
把别人的孩子抱在自己的胸口
紧紧的
抱着哭
抱住笑
你能给自己的已经越来越少

2019

像样的爱情

一起看花的两个人或
两个人一起看花
并不是同一件事
譬如说杜鹃花开了
失火的山谷里并不见救火的人
两个人在火海中不知所措
你看我我看你
越看越觉得此生可惜
这样的爱谁不想要呢
这样的爱至死不见骨灰

2019

在黑暗中写诗

最近多有失眠
身处黑暗像一个靶子
被诗句冷不丁射中
拔箭的时候发现
有的箭矢穿心而去
无影无踪，而有的
根本就没有命中靶心
在黑暗中写诗
每写一句都有如光柱射往虚空
我用过最多五节电池的电筒
我身体里的光已经透支
它们去得最远的地方
也是你最不愿意
让我看见的伤心处

2019

跳出油锅的鱼

吃过那么多的鱼，印象最深的
却是那条没有吃进嘴里的——
它从滚烫的油锅里跳了出去
——在我目瞪口呆的瞬间
鱼鳞、腮、内脏又迅速长回身体
现在我相信它完好无损地
回到了它熟悉的水域
像什么都没有发生过一样
春天产子，夏天浮出水面呼吸
秋天到了，它仍旧会游到鱼钩附近
在不舍得与不甘心之间打旋
命运在轮回，我对此深信不疑
我深信油锅并非万能
煎熬不过是轮回的一部分

2019

到梦里去

直到昨晚我才发现
所谓睡眠
不过是牧羊人
在天黑之前把四散在天边的
羊群赶进栅栏
每一只羊都有
一个月明星稀的夜晚
每一位牧羊人身边
都有一堆干牛粪
昨天晚上我发现
我仍是脱缰之马可供你消遣
到梦里去
到梦里去
我的羊群慢慢聚拢
背靠背在黑暗中
挤成一团
而你在月光下甩打响鞭
每抖一下手腕
我就往你胸前靠近一点

2019

万古烧

我买了一口好锅
可以用一辈子的那种
陶土的，有松木盖的
只要天塌不下来
我就可以一直用它
煲汤，烧肉
但更多的时候我宁愿
它就那样闲置着
像我一样空空如也
却不可测度

2019

抱树

三个男孩子合抱一棵银杏
短缺的部分由一位女孩补上
四张脸蛋仰望树梢
四双眼睛顺着树枝往上爬
密密匝匝的银杏叶为他们洒落了一地
为他们曾经有过的
手牵手的
这一日
这棵银杏树年复一年
以相似的模样守候在相同的地方
却再也不见同时出现
在树下的他们
每当落叶季到来的时候
总有人绕树三匝
希望在树后遇见想见的人

2019

何以见得

被春风吹落的树叶含有
那么多的不舍。何以见得?
被春风拉扯着踉跄
在文明路上
都司湖边
何以见得欣悦与悲伤
花圈店里同时在售
纸绢花和
避孕套
阳光照在玻璃柜台上
灯泡在阴冷的室内摇晃
何以见得
生与死不在同一方向

2019

来访者

来访的斑鸠在窗外
的樟树上探头探脑
来访的鸽子站在窗台上
朝我的书房里面瞅
来访的风掀了掀窗帘
却不进屋
我伸出手恰好遇到了来访的手
从门外递进来的光
我握住它的时候感觉到
它正在往回抽

2019

掰手腕

每一张台面上都有
一对掰手腕的人
每一只手腕都经历过
压迫，抵抗，反转或放弃
当我意识到台面已经撤走
悬在空中的手臂
依然青筋毕暴
依然是这样——我们
拉开了拔河的架势
其实是为了
把自己送入对方的怀抱

2019

冰箱贴

做菜的间隙
我时常打量
形状各异的
冰箱贴
这些五颜六色的
小东西都是我
从各地搜集来的
代表着世界
大和美
此生我见过人间的一部分
还有余力去更多的地方
所以需要一台好冰箱
储存足够的食物
我需要
用动物的眼睛看待
锅里的和碗里的
再用人类的目光端详
看不穿的生活
那是亲爱的皮囊
制造出来的动静

我将成全我
在明朗的人间
做一个灰尘仆仆的人

2019

汇合

如果没有风
玉兰树的叶子永远没有机会
与香樟树的叶子在大地上相逢
当它们在暮春的清晨
被两把笤帚扫到一起
如果不是因为身处困境
笤帚的主人可能不是他们
每天清晨我听见楼下传来
笤帚划过大地的刺啦声
女的从楼后，男的从楼前
他们汇合的时候曾有过片刻的宁静
之后像久别重逢的人
高声谈论着各自的见闻
如果落叶能听懂他俩的方言
就不会奇怪造物主的安排
两把笤帚在清扫完成之后
被归并到了蓝色的垃圾桶内
如果此时我还能入睡
一定是因为我太孤单了
已经接受了被人类抛弃的理由

2019

在雨天睡觉

我能把握的幸福已经少之又少
在雨天睡觉算是一种
窗外大雨瓢泼
我已经醒来却还在等待
另外一个梦成型
哪怕再也无法入睡
只是闭上眼心平气和地
想一想：我与他们
有什么不一样？有什么
是我行至人生中途还能把握的
云团挣脱天空
雨点收不住脚
来到大地上的事物相互混淆
我已经有过长久的浑浊
现在我想变得清澈些
就像现在这样
窗外在下雨
看样子还会下下去
这大概就是你说的幸福
我能预感某张亲切的脸
正从虚掩着的门缝里看我
却不惊扰我

2019

玫瑰与月季

当一个诗人无法说出
诗是什么的时候
玫瑰与月季在一旁竞相开放
当一首诗呼之欲出
诗人的鼻尖上沁出了汗珠
而她的脸颊上泛出了玫瑰红
月季开出了玫瑰的花
玫瑰在一旁默默承受
我爱的女人无一不热爱花朵
而我爱她们趋身花丛时的尖叫
而不深究什么是月季什么是玫瑰
当我终于有了爱的自觉
诗是什么已经不重要了
重要的是我已经学会了如何
将偶然之爱混淆于必然之爱中

2019

老人的力量

在夏日的都司湖畔
层层叠叠的树荫下
老人们三三两两围坐
有新欢，也有旧仇
但此时他们共沐着一阵风
风从湖面上来
忽冷忽热
像似有若无的琴声
被一架无形的钢琴弹奏
能动的手指轻敲膝盖
能跳的腿脚在石桌下晃动
树梢也在晃动
树荫外面的人匆匆忙忙地
走在阳光里，他们
还得去报恩，或寻仇
老人们总能从路过的身影中
看到曾经的我，而现在
我已经被风吹成了人形树
我的枝丫就分散在他，她
与他们之中

2019

红桦树

娥嫚沟的尽头有两棵红桦树
在摆脱了其他树木的纠缠后
它们越长越像红桦树
这两棵天荒地老的红桦树
早晚都等候在天池旁
沐浴在天荒地老的喜悦中
除了它们，没有人知道
娥嫚沟的尽头在哪里
没有人能像红桦树那样
与天荒地老为伍

2019

传送带

在机场传送带前等候行李的人
应该是这世上最深情的人
耐心，专注，从一而终
在缓缓抵达的各式行李中
没有任何廉价和多余
我在焦虑中看见了
越来越强烈的占有欲
那是最好的自己
带着最美好的感情守望
在遥遥无期的人生之旅
就像真的有一种爱叫望穿秋水
真有这样的爱人
在人世间值得我将自己
从麻木与昏眩中唤醒

2019

家宴

酒后才想起
昨晚是在自家吃的饭
经验之一
多请女性家宴因为
她们走后家里干净得
好像没有来过人
教训之一
先饮白酒后喝啤
昨晚我搞反了
不是繁星宴请了夜空
而是夜空宴请了繁星

2019

无题

摸过的耳垂会记住你的手指
如果是在冰凉的冬日
摸过的手心里会印满燃烧的螺纹
人间辽阔而你涉世未深
一想到所见并非所有
而这就是生活，就有一阵风
从裤管里面钻过
就有一种愿望跋山涉水
在断头路上来回走

2019

在景迈山深处仰望星空

连续三个晚上我们头顶繁星
活在景迈山深处
漆黑的夜色助长了星空的浩大
仿佛大地上的事物越是渺小
我们越是能够明了宇宙的结构
造物主有自己的建筑学
每一颗星星都像图钉
把它的意图钉在我们的头顶
任由我们指认
金星在缅甸闪烁
白矮星今夜在越南——
从我笔立的食指往上看
童年时给我启蒙的北斗似乎迷了路
银河两岸浪花四溅
星空越是喧哗我们越是沉默
在黑暗中保持住婴儿的动作

2019

无题

有些梦只能停留在梦中
既无兑现的可能
也无变成现实的必要
譬如你对我的好
止于我知道你是为了我好
反之亦然
反之这些梦
一如乱石堆满床头
你在乱坟岗上见过的星光
其实是这些梦的磷火

2019

今年的最后一首诗

清理鞋柜的时候发现
大多数鞋子已经不合脚了
你甚至记不起什么时候穿过它
更想不起穿它去过哪里
道路迷失在鞋底
鞋帮已经扭曲
有的甚至左右难分
你把它们逐一拿出来
摆放在门口仿佛看见
家里涌进来了一群人
而此时屋子里异常安静
你赤脚走动时
能听见心脏的扑腾声

2019

第二辑

一杆秤

069—118

滚铁环

我滚过的最大的铁环
是一只永久牌自行车的轮圈
我用弯钩推着它
摇摇晃晃地上路
八月的星空
高高的谷堆
我绕着晒谷场一边跑
一边想象着黑暗的尽头
当我越跑越快
铁环溅出了火花
我感觉自己已将黑暗推开
而身处黑暗中的父母放下蒲扇
紧张地望着我
看见我消逝在了黑暗深处

2017

阳光真好

洗净的衣服拧干后
要在空中抖开
一个人能干的活无需两个人合作
我在树荫下睡觉
阳光真好
只晒那些需要晒的
妈妈你真好
不把床单洗干净你不会叫醒我
而当我醒来
我会像泥鳅一样灵活
抓紧床单的一角
旋转着身体，使劲拧
你在那一头咯咯地笑
我在这一头越拧越起劲
到现在仍然不肯松手

2017

一杆秤

杀牛的那天下午
我们坐在田坎上把玩一杆秤
漆黑油腻的秤杆上
有一串白色的模糊的星星
秤钩又亮又尖
秤砣又大又沉
全村的人都来了
欢天喜地
围着一口大铁锅
杀牛的那天下午
我们在沸腾的铁锅旁
央求屠夫
将我们每个人都挂在铁钩上
称一称
当我蜷起腿离开地面时
我第一次知道了
自己的斤两

2017

反刍的人

埋在米糠里的鸡蛋
封在坛子里的猪油
挂在屋梁上的腊肉
晾在簸箕上的薯干
摊在筛子里的腌鱼
倒扣在腌菜坛中的辣椒
堆放在火塘角落的花生
藏在竹林地窖里的红薯
悬在树丫上的丝瓜和葫芦
沉睡在草丛中的老南瓜
——哦，十根指头
已经不够用了
第十一根是香烟
供你在饭后反刍
第十二根是铁钉
好多年前就被钉在了墙上
好多年前它就已经生锈了
当它什么都不挂的时候
它连锈迹也挂不住

2017

催咚催

打过菜籽的梿枷又打在了麦穗上
捅过猪的刀早晚会插进
牛的喉咙——牛拉着石磙
一遍遍在禾场上走——
闪亮的刀尖必须用血蒙住
而我们被尘埃蒙住了
快活的泥水从腮帮上滚下来
被大地稳稳接住
死亡是一把巨大的扇子
扇得越快风却越小
我蜷缩在星光下
听见扇子从你手上滑落
看见又多活了一天的牛
在黑暗中眨动着
妩媚的双眼皮和长睫毛

2017

瓢泼

晨起给菜地浇水的人
并不知道傍晚会下雨
他在晨光中来回走
木桶晃荡，葫芦瓢磕磕碰碰
辣椒已经醒了一半
扁豆还睡眼惺忪
我在菜地边看那些泼出去的水
浇地的人手腕抖动，水花轻柔
朝霞很快就要散了
没有云的天空飞过一些叫不上名字的鸟
一天之中我曾有很多次机会
像它们一样隐姓埋名
但总是过于强调自己的感受
直到一场突如其来的暴雨降临
洗刷了这一天的重负
浇地的人回到菜园
两只水桶沮丧地歪倒在角落
葫芦瓢倒扣在地
我感到体内尚有无法排解的热气
顺着眼前的这些藤蔓在袅绕

2017

鸡冠颂

我喜欢看血红的鸡冠
锯齿一样长在公鸡的头顶
夕阳西下的时候
透过它就能看见
冬日里
雪地上
鸡群零散的爪痕
一只公鸡来回走在爪痕之上
拍打翅膀，警觉地
张望着
踢毽子的我们
河对岸的人也与我们一样
在忙腊月的事情
河对岸的公鸡打鸣了
这是庄严的时刻——
所有的鸡都往鸡笼附近归拢
惟有公鸡独自站在夜幕中
对着河水流逝的方向
鸣叫起来
我在公鸡的叫唤声中
进屋，拉上门闩
在火塘边坐下

周围都是黑夜
我喜欢那个坐立不安的人
墙壁上有他的身影
雪地上有他身体的凹痕

2018

松林内外

松鼠把松果埋在了
它自己也找不着的地方
松鼠不停把松果藏起来
像过于孤独的孩子在玩
一个人的迷藏
松鼠和松鼠争抢着
收获，又争相遗忘
冬天已经到了
满地的松针上铺满了雪霜
打雪仗的孩子们躲在松树背后
半张脸被雪团击中
半张脸被寒风涂成酡红
我在树林外面架起了一堆篝火
火焰站起来
它高过了我的头顶
它想逃离灰烬的命运
它想大步流星
至今我还记得那一缕缕松香
欢快的嘶鸣

2018

最遥远的雪

想起雪后的那些晚上
天空清凉，还有星星
我能看到你家的屋顶
以及屋后黛色的竹林
半夜里旷野上传来
树枝脆断的声响
有人踏雪归来，含着痰
想起我们在一起的日子
阳光刺眼，看不清
雪人明晃晃的表情
只有胡萝卜是橙黄的
只有桃核做的眼睛圆睁着
我们走在结了冰的塘面上
身前身后都是冰面的炸裂声
想起你至今没有上岸
最后的雪积在人去屋空的檐下
每天静静地化一点
我忍不住朝天边探了探身体

2018

七叶一枝花

如果没有“度娘”
我至今还不清楚
七叶一枝花是什么花
如果你没有在电话里提起它
我也已经忘记了
它曾经是一种频繁出没
在我们童年里的
花——
那是花吗
一根矮枝
七片叶子
我们翻遍山坡上的荆棘
被蜈蚣咬过
也被蛇追着跑
只因为赤脚医生说
它是一味包医百病的药

2018

小阳春

我的小学语文老师
曾这样向我们描述
“宝岛”——那里盛产
甘蔗，而甘蔗能制糖
所以统一台湾后
我们将有吃不完的糖果
那是阳春四月
一个明晃晃的上午
趴在没有玻璃的窗台上
几只麻雀在墙缝里探头探脑
沉闷的下课钟声
用力地敲响了
语文老师还意犹未尽
而算术老师已经站在门口
蛔虫在我们的肠胃里蠕动
我至今还记得“宝塔糖”
有黄色、蓝色和粉红三种
我最爱吃蓝色的
粉红的都给你留着

2018

到树顶上找风

有时候我们需要爬到树顶上
寻找风。有时候
我们分散在房前屋后的
柳树、槐树、皂角树和苦楝树下
抱紧树身往树上爬
有时候我们需要沿途使劲
摇晃树枝，大声呼唤着
慢慢从树梢上探出头
有时候我探出头看见
你的父亲在芝麻地里蠕动
他的母亲还在河边割猪草
有时候我看见田间里的稻草人
好像换了一件外套
我们从树上溜下来
踩着牛背，或牛角
牛蝇扇动的风只有牛蝇感觉到了
有时候我们就这样爬上爬下
耗尽了汗水，目的是
等雨水来重新把我们滋润

2018

南瓜长大了

南瓜长大了就会找一个地方蹲下来
静静地孵它的瓤
我也是这样
在把田埂走穿后就坐在半山腰上
新堆与旧坟在我身后起伏
岩子河在不远处闪光
更近的地方是一些无名的草木
热浪翻涌，虫豸也厌倦了鸣叫
没有什么真正的沧桑
只有该熟的熟了该死的死了
活在我眼中的填满了我内心的空洞

2018

哞哞

在汨罗
蓝蓝问我
会不会学牛叫?
她话音刚落
就见一头牛
从我胸腔里奔出来
这是一头不会叫的牛
也许它曾经叫过
也许它当年的叫声还回荡
在仙女山的山坳中
但这里是汨罗
几头牛正在不远处的草甸上
安详地吃草
我的牛喷着鼻息
茫然四顾
一会儿想“哞哞”
一会儿想“咩咩”
一会儿想“喔喔”
像找不到声带的我
在这首诗的尽头
眼巴巴地看着
绿水从青山经过

2018

笤帚经过大地的声音

笤帚经过大地的声音
被我在这个秋天制造了出来
在这首诗中我看见了你屋后的竹林
你父亲用皲裂的虎口掐回一捆毛竹
他插在腰间的篾刀上有三个豁口
他胸前的扣子不知什么时候掉了两颗
他制造的这把笤帚被你带到了秋天
烧荒的烟雾从林中空地升起来
夜风在这首诗中随意吹拂
我制造了一种声音——它
紧贴干硬的混凝土，紧贴着
这秋天里的每一个清晨和黄昏
如果你父亲还活着
此刻他一定在某个角落
用你熟悉又陌生的那双手
紧锁着自己的领口

2018

容我喝口井水

从水缸到水井的距离
从前很远，现在更遥远了
挑水的人走在记忆中
像田埂游弋在茂盛的草丛里
我听见木瓢磕碰桶沿的声音
清冽又甜美
也能看见虫豸在黄昏
从这里飞向了那里
但我已经无法指认水井的位置
方位肯定是对的
但那是月亮升起的方向
挑水的人走在月光下
换肩的时候他与月亮对视
而另一轮明月正在天井角落的
水缸里等候他
像一只白瓷碗
反扣在没有桌面的桌子上

2018

一团迷雾

朋友发来大雾图
他不知道我尚在雾中
很多年了
我们只有面对面的能见度
甚至当我面对
那张挂满凝霜的脸
竟一次次误以为那不是我
不是那个踩着覆满小路的松针
在迷雾里打转的人
太阳在雾外冷眼旁观
那是我见过的
最红的太阳
烙铁一样不可描述

2018

原来是这样

万古烧

我见过竹林里的刺猬
在松软的竹叶上轻巧地爬行
我见我手持一根竹棍
飞奔过去
刺猬就地缩成一团
我就地蹲下
无计可施
竹梢上的鸟鸣
竹林里斑驳的日影
我见我从有趣变得无趣
像刺猬一样藏在刺猬中

2018

梦见一首诗

有时候我会梦见一首诗
她在梦中的样子无比清晰
她握我的手像小时候
我用力捏紧铅笔头
笔芯折断了
我鼓足勇气找她借转笔刀
我梦见一首诗在跳房子
而我在一旁摇跳绳
绳子的另一端拴在无皮的枣树干上
我梦见我使劲摇动地上的尘土
像牛犊发了狂，前撅后拱
我看见她闭上眼睛越跳越高
我梦见所有的事物都是发光体
我一转身它们就熄灭
有时候我在一首诗里闪烁
梦醒之后才发现
我从来不曾带走过任何梦中之物

2018

夜钓记

——给我的兄弟王琳，兼致方延伟

用电筒照射黑暗的河面
被照亮的那部分像
一张透光的宣纸
游到纸面上的草鱼
打了个旋
又游到了纸的背面
在涟漪中抖动浮标
在心情平静时想一想
激动人心的往事
想一想我们
在上游浪花里的那些日子
水在河里几乎没有费力
为什么却让人感觉精疲力尽

2018

荷叶上的青蛙

一只青蛙蹲在荷叶上
荷叶倾斜着
一滴水珠在荷叶上
来回滚动
夏天过了一半
难过仍未结束
像青蛙一样蹲着
像水珠一样无疾而终
像荷叶一样慌张
像荷叶上的青蛙在雷雨中
不敢大声鸣叫
我也不敢说出
我想干什么又能干什么

2017

一滴汗珠

被我格外珍惜的一滴汗珠
此刻正滚过我的胸口
接下来它将经过我中年微凸的
腹部，凹陷的肚脐，和下腹
我并不清楚它的夏日之旅
将在何处终结
我只是静静地感受它的蠕动
那么轻柔，酥痒，而欢快
我已经很久没有这样专注过了
因为一滴汗珠
让我沉醉在对肉体的审视中
现在它越过了我的腹部
像一个晶莹剔透的少年
翻过山坡来到路边
一间油毛毡棚旁
巨大的烈日炙烤着
他那颗刚刚浮出水面的光头
河水在不远处闪光
河流在远处不知去向

2017

无主之树

如何判断一棵树
是病死的还是老死的
在人迹罕至的原始森林
我常常会陷入盲从
病死也罢老死也好
总归死得其所
但在我的家乡有这样一棵梨树
孤零零地长在门前
百米开外的田埂旁
树干粗大，树枝旁逸斜出
春天开过多少花
夏天就结多少果
而到了秋天路过的人
蹿上枝梢随意采摘
一年又一年
我们都以为它会一直这样活
尤其是在我远离家乡几十年后
还好几次在梦中见过它
但事实上它已经死去多年
没有人告诉过我

它因何而死就像没人知道
它为什么而活，孤零零的
像花圈之于填满灰烬的坟墓

2019

在桃林

桃花离开后，来了
一些桃子在树叶的掩护下
她们慢慢发育
朝阳的山坡
风吹水皱
小学的高音喇叭在做完体操后
终于放低了嗓门
我见过越来越多的陌生人
从山下上来了就不想下去
因为这片桃林他们幻想过
同气连枝的生活

2019

替我回家的人

替我回家的人给我带回来
三样东西——
松香、桃胶和地衣
每一样都酷似我记忆中的样子
每一样都有出处和来历——
松香照见了黑松林里的
那座几乎平塌的孤坟
桃胶透亮，像一簇挣扎着
从桃树内部挤出来的光
我记得最可口的扁桃
长在活死人门前的堰堤上
夏夜里，他就睡在树下
楠竹凉床吱吱作响
而一场雨后，被践踏过的
青草翻山越岭来到了
我即将离开的故土
大地空蒙，蹲踞其上的
是深秋的草木
从天末吹过来的凉风
让捡地衣的母亲想到了我
她抬头望望飞奔的云朵
她低头加快了手中的动作

2019

草垛

我钻进草垛
在草垛里打洞
碰见了
鸡蛋，和石头
冬天多么暖和
鸡在草垛上争食
大人们在外面生火
我在草垛里爬来爬去
在草垛尽头遇见你
一手拿着鸡蛋
一手拿着石头

2019

一把米

脱粒机和风斗
是怎么做到的
两升谷
一斗米
是怎么做到的
推磨的人说磨盘太小了
喂谷的人抱怨谷子硌手
我在一事无成的年纪
手握一把米
学着喂磨
我学会的歌
他们早就不再唱和

2019

钨丝的颤栗

从前的灯泡比现在亮多了
从前的白日里面塞满了梦境
农具挂在墙壁上
屋檐下垂着蒜瓣和高粱穗
从前的风也不像现在这样吹
摇摆的灯绳来回摇摆
少年走过去扯一下
少女的眼睛就发光
从前我长时间坐在黑暗中
屏住呼吸倾听电流在体内涌动
外面的脚步声到了哪儿
哪里就开始颤栗

2019

雨没有下透

牛尾在午后的田埂上来回甩动
这自我鞭策的活物
总有一天会走远走出我的生活
但在此之前，泥泞依然
天地严丝合缝
从牛背上溜下来的人
被牛蝇惹恼了，抓起荆条
来回抽打自己的后背和前胸
这自我鞭策的活物
总有一天会来到我的眼前
在这首郁闷的诗中与我
相恨，相逢

2019

暮色四合之地

很难再见暮色四合之地了
晚风徐徐，晚霞淡去
亲人们在鸡飞狗跳声中归来
父亲蹲在水边先擦拭农具，再将
洗净的脚塞进湿滑的鞋帮里
母亲把干透的衣服拢成一堆
扔进姐姐们的怀中
很难再见我那么肮脏的脸上
浮现出来的干净和轻盈
只有黑暗在无声无息中包围住我们
却不知房间里的光从哪里亮起

2019

断流河抒怀

每一条河流都有自己的出路
当第一滴暴雨落在荆山之巅
这雨滴就意识到了若干年后
若干年后我站在干涸的河床上
仰望喧嚣的星空，每一滴星光
都那么微弱而倔强，就像我
卑微而倔强地走在这条断流河上
身前身后都是滔滔巨浪
生前生后都有人潮汹涌

2019

奔跑的雨

回头看看那个烧成了灰烬的夏天
我们也曾被暴雨追赶
并无征兆但事先得到过乌云的警告
我们漂浮在滚烫的河面上
仰望云破处，想象有朝一日
生活也会被镶上金边
就在那时，一阵旋风踮起脚尖
沿着堤坝朝榨油坊方向跑过来
掳走了我们放在河堤上的衣物
回头看看那些浪花越溅越高了
有人飞快地游到了岸边
手指黑压压的雨幕目瞪口呆
一群赤条条的少年站在岸上
巨大的雨仗即将经过岩子河
冲到最前面的雨点追上了
跑得最快的我。回头看看我吧
那被暴雨砸中的样子
像一块滋滋冒气的顽石
没有燃烧过也没有熄灭过

2019

自行车的故事

从前有一位女孩
总爱坐在自行车的后座上
铃铛响亮
裙摆里面装满了风
从前有一辆自行车
后座上总是坐着这位女孩
其他的自行车都围绕着它转
从宽阔的操场到拥挤的马路
所有的车都迷失了方向
春天到了郊外
山坡上开满了杜鹃
所有的自行车都从城里驶出来
铃铛一路响啊，直到这位女孩
从后座上来到了前杆上
插满杜鹃花的自行车队
静静地擦过了那个春天

2019

交换

拿一枚鸡蛋去交换一枚鸭蛋
哪一个更划算?
拿一枚刚刚从自家鸡窝里捡拾的鸡蛋
去七月的岩子河边
找牧鸭女交换一枚鸭蛋
哪一个更划算?
鸡蛋小而鸭蛋大
鸡蛋少而鸭蛋多
哪一个更划算?
我站在七月的河边，远远地
望着溯流而上的鸭群
鸭毛漫天飞舞
牧鸭女身后拖拽着一根竹竿
我一遍一遍地摩挲着口袋里的鸡蛋
想象着搁浅在河床上的鸭蛋
许多年过去了我还记得
那位从下游来的女孩
蓬松而卷曲的头发
被阳光烫伤了的鸭蛋型的脸

2019

风的意思

立秋以后风还没有进屋的意思
父亲大开门窗却没有纳凉的意思
稻穗饱满，立在田间的稻草人
夸张的双臂没有拥抱的意思
云翳静静地笼罩着池塘
无论荷花是睡是醒也没有离开的意思
但空气在浮动我能感觉到
热浪涂抹在你赤裸的肩胛上
汗珠如壁虎蹑手蹑脚
却没有到达那里的意思

2019

又见地平线

梦见脚踏车的链子
在追赶你的路上掉了
它早不掉晚不掉
在我刚刚要追上你的时候
掉了
空转的轮轴
发出世上最难过的
声音，这声音
仿佛你渐渐远去的背影
被地平线上的风拉扯成了
一缕缕呻吟

2019

我的梦

我发现我的梦
总在同一座房子里面发生
那是我年幼时生活过的地方
父母健在，姊妹参差不齐
我在这座房子里梦见过
许多从来没有到过这里的人
我和你一起把钓回来的鱼
开肠破肚，我和你一起
把生米煮熟
把不可能发生的事一一经历
而这究竟是怎么回事
我发现我的梦一旦回到这里
就顺理成章了，无人打搅
仿佛记忆里最遥远的那部分
在苏醒。老房子依然明亮
午后的阳光照着土黄的墙壁
我靠在微微发烫的墙面上
天空蔚蓝，仔细看
星光遥远犹如胃中的米粒

2019

清晨的鱼汤

请过来喝一碗鱼汤
它由各种鱼混合在一起
通宵熬成，浓稠，鲜美
带有晨雾的甜腥味
请过来帮我
把灶膛里的余烬熄灭
用你那双从来不曾触碰过
柴火的手触碰一下
从灰烬中浮现出来的妻儿
幸存者的每一天都该受到祝福
谁先醒来谁就是领受者
活着是一桩见者有份的事业
死亡也是，既然如此
请你慢慢凑近这口祖传的大锅
我已经将盛满鱼汤的碗搁置
在每一条必由之路上
路过的人请端起它
放心喝下
晨雾在散去
好日子如鲠在喉

请把空碗倒扣
在我经过的每一条路旁

2019

后视镜

在长途班车的后视镜中
越来越小的黑影
由刍狗变成了蝼蚁
命运的盘山路眼看着
就要到达山顶了
从窗口探出头去
镜子里面还有一个人
长发被风卷到了窗外
此时她正朝山脚下眺望
那里曾经有过一座村庄
班车经过时尘土飞扬
班车经过后它消逝在了尘土中
我习惯倚靠窗沿漠然地看着
几十年前的那一幕
——我的母亲高举双臂
在尘埃中挥舞
最后又无可奈何放下臂膀
垂头丧气扑打着衣襟

2019

信条

1

蒲公英不能长在悬崖上
她恐高，我也恐高
但蒲公英总爱站在悬崖边
风吹她的裙子
风吹她的绒毛
昨晚我从梦中伸出手来
梦里面全是辛苦的味道

2

烧鸡要在绿皮火车上吃
才能唤醒相应的味觉
或者在瑟瑟寒风中
抱紧一坛老酒
躲进桥洞独酌
机帆船开过来了
水手要到船头迎风而尿
然后打个寒噤猫回船舱
方桌上放着一只搪瓷碗
碗里装着花生米

他要用搪瓷杯喝酒
醉意中不停地用手指抠
那几个红字：“为人民服务”
越来越亮的月亮
要从背后照耀
江水和煤堆
八百里的路上只有我俩
我上溯的时候
你不要动

3

结了冰的脸盆比没结之前沉
你无法将它从记忆中端起
当我哆嗦着回想起
昨晚那盆洗脸水
结了冰的衣服正在铁丝上
冒热气，缓缓位移
太阳照过来了
生活没有改变但生命的
形态发生了变化
僵直的树干指向永恒的天空
弯曲的枝条在河边摇曳
我时而僵直时而弯曲
从冰面上过了河
此后再没有回去过

4

草药在熬过三遍之后
就会淡而无味
我在寡淡的年纪生过一场大病
我是吃过苦头的人
记忆深处总有一只药罐
歪靠在火笼边
熬药的人是母亲
倒药渣的人是父亲
他们轮流在我身边走来走去
那是此生最寒冷的冬日
雪落在雪上
化成了雪泥
又被雪覆盖
半夜我起来小解
悄悄走到竹林边
查看那堆冷却的药渣
月亮在上
我有一腔苦水
准备留到晚年去吐

5

被喜鹊吵醒的人也会被乌鸦吵醒
高压线上密密麻麻的鸟儿

有时会像一场骤雨
猛然洒向麦地
一个从外地打工回来的人
在公路旁下了车，踌躇着
远远望着位于山坳里的家
他先去屋后看了看菜地
又去门前看了看堰塘里的水
直到所有的活物都被惊动了
才喜忧参半地回到门口
大喊一声："我回来了！"

6

一头猪在很小的时候就被指定为年猪
它将得到额外的照顾
现在一年到头了
主人要杀它
那天太阳真好
猪在圈中眯眼瞅着墙缝
主人在不远处造灶埋锅
一架喷气式飞机划过长空
一架纸飞机越过杀猪佬
落在放满刀具的案板上
那是我见过的
最敞亮的乡村生活

7

河流在等待结冰的季节
两岸的麦地绿油油的
但我们都说麦子很青
青青的麦苗贴着河岸奔跑
而河水早已不再流动
风一遍遍地吹拂沿途的树木
大叶子落完后小叶子落
最小的那片树叶
站在树顶上
一直面朝风的方向

8

每一种作物都是自私的
你看那棵柳树
被各种藤蔓攀附拉扯
结满了南瓜、葫芦、丝瓜和蛾眉豆
你看我从母亲胸前
爬到父亲的肩头
去了我能看见的地方
又去了他们看不见的地方

9

秋裤一旦穿上了就不容易脱下
酒后回到床头在黑暗中脱衣服
静电打得你龇牙咧嘴
却照不明她的面容
明天我就要去南方了
穿什么和怎么穿还没有弄清楚

2019

第三辑

咏春调

119

—

150

答枕边人，兼致新年

惟一的奇迹是身逢盛世
尚能恪守乱世之心
惟一的奖赏是
你还能出现在我的梦中
尽管是旧梦重温
长夜漫漫，肉体积攒的温暖
在不经意间传递
惟一的遗憾是，再也不能像恋人
那样盲目而混乱地生活
只能屈从于命运的蛮力
各自撕扯自己
再将这些生活的碎片拼凑成
一床百衲被
惟一的安慰是我们
并非天天活在雾霾中
太阳总会出来
像久别重逢的孩子
而我们被时光易容过的脸
变化再大，依然保留了
羞怯，和怜惜

2018

大雪进山

大雪是晚上来的
早上还没有离开的意思
第二天上午父亲叫上我
跟他一起进山走亲戚
根本就没有路可走
但父亲在前面走着
我跟着他，从一个清晰的
脚窝挪到另一个模糊的脚窝
雪越下越大
昨天还见过的山已经不见了
父亲领着我往雪堆上走
父亲带着我在雪堆里穿梭
直到一股浓烟将我们拦下
那是我见过的
最黑的烟囱
发黄的炊烟紧贴着屋檐
陈旧的亲戚站在屋檐下
呵出的热气模糊了他
乐呵呵的脸

2018

奔丧之路

绿皮火车在冰天雪地里走走停停
刺目的不仅仅是窗外的雪景
还有沿途墓碑似的站牌
我曾无数次走在这条路上
现在才意识到
省亲之路也是奔丧之途
而我其实是那个隐形的筑路工
一边起早贪黑地修路
一边胆战心惊地冀望着
此路不通，至少越晚越好

2018

为罗平油菜花而作

床单铺好了就应该睡觉
春困的人在罗平
却怎么也睡不着
蜜蜂在侧，春光大泄
磨油坊里的灯火从古至今
一直在跳跃
死去的父亲蹲在床头
抽烟，咳嗽
死去的母亲一次次
将四散的菜籽归拢
那些孤儿一般黝黑的菜籽
从命运的指缝间滑落
我是其中滚得最远的那一颗
独自灿烂，独自落寞

2018

祭父诗

一般来说，树有多高
它的根须就有多长
有时候你无法想象
落日在离开你之后变成了
谁脸上的朝阳
地平线由远及近
黑暗中的事物越复杂越集中
父亲挖的树兜歪靠在树坑旁
斩断的根须仍然在抽搐

2018

每家都有上山的人

父亲搬进了新居
清明那天
房前屋后涌来了很多人
都在外面站着
烧纸，焚香，放鞭，磕头
冷风吹着呼呼作响的雨披
也将燃尽的纸屑吹向了
阴云密布的天空
没有人知道我的父亲是谁
我的兄弟们也不知道
当我跪在他新居门前
我能从虚掩的门缝里看见
他生前的老样子——
他坐在半山腰的公路旁
望着一辆辆汽车从山脚下驶来
在路边停下，然后绝尘而去
尘土依旧在飞扬
没有人知道尘世的真正模样

2018

旧时光

埋头吃草的牛
吃着吃着就翻过了
半阴半阳的山坡
最后一眼看它的人
也消逝在了芝麻地尽头
玩弹珠的孩子弹珠一样
蹦跳在彩色的山坳间
黄昏已然降临
远去的牛铃声在远去
远去的呼唤声
却越来越清晰

夜晚的习惯

我至今还保持着
用热水烫脚的习惯
只是木盆换成了电热桶
当我做这件事的时候
一天已近尾声
我把双脚伸进水桶
想起当年的那些夜晚
我被母亲摁在木盆边
若是水太烫了
我就大喊大叫
小个子的母亲像犯了错一样
忙不迭地跑到水缸旁
抓起木瓢
舀一勺凉水倒进盆中
我想起她
总是仰头望着我
边兑水边用手搅拌着
从前我总爱先洗左脚
把右脚搭在她的膝盖上
不像现在，我总是默默地
把双脚同时伸进去
再同时抽出来

2018

深喉

有没有一只鸟记得你手指的味道
有没有这样几只雏鸟
当你爬上树梢凑近鸟巢
当它们发现你时误以为
是鸟妈妈衔食归来
有没有听见唧唧喳喳的叫声
鹅黄色的喙
深无止境的喉
你有没有把手指递给它们
那是一根少年的手指
被每一只雏鸟贪婪地吞咽过
我在中年以后还时常想起
那截温润的指头
充满了渴望
也探触过最深的渴望

2018

停止生长的脚

我穿 41 码的鞋子
40 码找过我
42 码找不到我
我穿我妻子给我买的鞋子
好像只有她知道
什么样式适合我的脚
我穿皮鞋，运动鞋
几乎从不穿凉鞋
走在你也走过的路上
只有当我赤脚时
我走的路才是我自己的路
我不穿鞋的时候我的脚
在回望那条路
我不穿鞋的时候那条路上
有我深深浅浅的脚模
我的拇指总爱那样翘着
当它往下抠时
我一定深陷在泥泞中
我已经很多年没有赤脚走路了
我最后一次在岩子河里洗脚
是在哪一年的隆冬？
那一年我的脚已经停止了生长

我母亲还活着
我记得她把我的鞋样夹在了
一摞废弃的高考复习资料中
此后只有指甲在生长
只有鞋子在重复着脚的形状

2018

有一次

有一次我决定
自己动手缝一枚纽扣
打开针线盒
找到了针和线
我来到窗边找到了
线头，和针孔
我一次次调换针线的角度
以为自己不会认输
有一次我决定
不再帮妈妈穿针了
我厌倦了需要她照顾的生活
我以为我已经赢得了生活
再也用不着为一枚
掉落的纽扣发愁
有一次我衬衣上的第三颗纽扣掉了
我拿着纽扣在书桌上转动
母亲在桌前的相框里微笑
她以为我永远不会服输

2018

茄子

能使人发笑的蔬菜似乎只有茄子
无论是白茄子还是紫茄子
当你喊“茄子”——笑容
就会出现在脸上
这有点像我的母亲
生前在菜园里忙碌
表情僵硬，惟有看我吃饭时
她的表情才会松弛
尽管我埋着头，尽管
她不知道“茄子”的发音
——这么神奇
这么多年过去了
我仍然能在每一张合影照中见到她
和她希望我成为的样子

2018

南瓜诗

把一只南瓜分成三等分
两等分送人
剩下的
分三顿吃——
清炒一盘（加辣子）
清蒸一碗（加冰糖）
剩下的做成南瓜饼
我并不想吃南瓜饼
也没有做过南瓜饼
但这只南瓜
来自三百公里外的老家
这么长的藤
只结了这样一只瓜

2018

草木灰

草木在灰中的样子
火焰最清楚
我见过火焰
用吹筒和火钳为它造过型
烟囱里的烟雾停留在几十年前
几十年后我顺着烟道
重新回到了这堆灰烬边
把烤过的红薯、鸡蛋和乌龟
重新翻烤了一遍
屋后的山坡上草木连着草木
原有的小径已然消逝
我先在雨中埋葬了母亲
随后又在雪中埋葬了父亲

2019

手机里的菩萨

从云冈石窟出来
手机里多出了很多尊菩萨
在去往雁门关的路上
我一路翻看着他们的情貌
痛苦被放大了
欢乐被缩小
菩萨啊，这么多的砂岩之躯
任由岁月涂抹
这么多的残肢
依然在行走、抚摸和讲述
而我独爱最小的那一窟
他像我小时候
不谙世事
以为哭泣就能得到所求
以为欢笑就能满足所有

2018

烟花表演

回老家的山坡上找
一种叫柞木的树兜
用老家的洋镐把它刨出来
放在太阳下暴晒
如果父亲还活着
他会一如既往
在岁末的星空下等我
他会把火钳递到我手上
让我敲打燃烧的树兜
噼啪作响的烟花在空中飞舞
那是我见过的
最灿烂的夜空
当我在记忆中使劲敲打
残存的木头隐约可见
灰烬中的父亲一明一灭
明的时候山河屈指可数
灭的时候世界漆黑
我也深陷其中

2019

拉链与纽扣

大雁像一排拉链
从最美的天空飞过
最美的脖颈、肩胛
令人眩晕
我在想象中见过它们
日落时分的河滩上
几只掉队的野鸭惊呼着
重新返回空中
像几枚纽扣。我见过
你在黑夜里冰凉的手
我见过你哆嗦着解开
又在慌乱中系紧的
那颗暗红的水晶纽扣
在最好的年纪
它的坚定与踌躇

2019

风在竹林里干什么

种很多竹子
等它们长成竹林
在竹林深处建一栋木屋
门前留一条路通往河边
门后留一条路通往后山
我计划退休以后去那里长住
而现在我仍然住在这里
眼前的竹子都是后来栽上的
眼前的路也非我所修
春雷就要响了
吃笋子的季节就要到了
我在竹园边避风
听见竹林里传来嘤嘤声
那一定是北风迷路了
抱着竹竿在哭
像人到中年的我一样
空怀一腔愿望却举步维艰

2019

雪里红

我喜欢所有来历明确的事物——
来自安徽枞阳的白皮小萝卜
来自恩施、长阳或兴山的榨辣椒
岩耳来自巴东
冲菜来自远安
板栗来自罗田
白菜苔从我老家来
带着荆门的雨水和泥土……
——我喜欢前天傍晚时分
西天云破处的那点太阳
那几缕闪现在乌云周围的金光
突然让我想到了雪里红
不知道哪里的雪里红
比我小时候吃过的更好
更像雪里红——像放学归来
不放书包就直奔厨房
揭开桌罩的那个小女生

2019

作物的秘密

白菜的邻居永远是萝卜
青椒的周围是苦瓜和豇豆
丝瓜走亲戚路上会遇到葫芦
我兄弟领着我
一会儿像地主
一会儿像奴仆
松树看见他拎了把斧头
荆条看见我拿了把镰刀

2019

咏春调

我母亲从来没有穿过花衣服
这是不是意味着
她从来就没有快乐过?
春天来了，但是最后一个春天
我背着她从医院回家
在屋后的小路上
她曾附在我耳边幽幽地说道：
“儿啊，我死后一定不让你梦到我
免得你害怕。我很知足，我很幸福。”
十八年来，每当冬去春来
我都会想起那天下午
我背着不幸的母亲走
在开满鲜花的路上
一边走一边哭

2019

在一起

1986 年我的父亲母亲在黄鹤楼
留下过一张合影。没想到
这成了他俩现存的惟一的
一张合照
母亲去世后，父亲把它翻出来
父亲去世后，我们把它翻出来
打算用在他们的合墓碑上
从去年清明节开始计划这件事
但按老家的规矩
得在三年之后才能落实
现在每次回去我都要
先去母亲的坟前劝她再耐心点
再去父亲的墓前劝他不要着急
现在每次看到这张合影
都感觉有一把看不见的尺子
在丈量着他俩生前的距离
死后的距离，以及
他们与我之间的距离
在一起的愿望从来不曾如此强烈

2019

交谈

天空和大地通过雨水来交谈
说情话时下毛毛雨
吵架时用暴雨和雷电
疾风中的山与山
树与树
前者孤傲
后者点头哈腰
它们都用风声来交谈
微风拂过沧桑的脸
狂风再用力抽打一遍
多年未见的亲人
隔着越来越紧张的土壤
交谈，用最诚实的方言
他低声说想她
又高声说了一遍
当他哭泣时眼泪是最好的
谈资，再紧张的土壤
也有松动之时

2019

修地球的人

万古烧

清晨他们出门
带上畚箕、锄头和锹
也带走了门前的大雾
当他们成群结队消逝
在屋后的山岗上
我们背上书包迎着太阳跑
傍晚他们回家
把沉重的畚箕、锄头和锹
放下，一言不发
阴暗的房间安静得可怕
只有月亮明白无误地
照耀着地球上的一个
角落。我在角落削铅笔
用余光打量日复一日的生活
山那边有一座坑
他们越挖越深
我希望那将是我们的逃生通道

2019

乌龟之徙

一只乌龟从雨后的柴垛里
爬出来，举着可笑的脑袋
在它到达目的地之前
没有人知道它的目的
一只乌龟缩在我的记忆深处
它一动不动的时候
我的记忆一片沉寂
晚霞收敛于一朵蘑菇上
蘑菇会在夜晚生长
乌龟也会在黑暗中爬行
那一年我并没有生活
我在生病，求生的欲望
让我在夜晚依然竖着耳朵
谛听人世的动静
一只乌龟从黑暗中爬出来
光明让它既爱又恨
它慌不择路的时候
我正走在胡乱求医的路上
那时候的天空真是蓝啊
乌龟举着脑袋
慈祥地看着
病中的我

2019

樟脑丸

为什么春天的衣服
可以放到秋天穿而夏天的
衣服冬天却不能穿?
请问樟脑丸:
冬青树都落叶了为什么
窗前的香樟树还绿着?
我母亲坐在那口脱漆的
木箱里面叠衣服
叠完了衣服
就消逝在了箱子中

2019

芡实与菱角

巨大的木盆漂浮
在更为巨大的水面上
年幼的我坐在水盆中央
这是我第一次离开陆地
前往芡实和菱角的家乡
巨大的秋阳照耀着平静的水面
我在明晃晃的年纪里就有了
湿漉漉的记忆，这记忆
通往芡实和菱角的家乡
大人们关心水下有什么
而我只对水面上的事物感兴趣
用力划动的木盆左摇右晃
我要去我从没去过的地方
我要采摘那些水中的果实
把它们运回到陆地
把它们的家乡运回到我的家乡

2019

尺度

我父亲喜欢用手指拃量树木
家具、衣服、身高和田畴……
拃过之后他感觉这双手还有用
他迷信自己的手如同木匠
迷信那一截蘸了墨汁的绳索
弹在木板上的声音是有形状的
我兄弟买了一段软皮尺供我母亲
剪裁衣服用，每到腊月时
缝纫机半夜还在响，可我
整个童年都没有穿过几件新衣服
我兄弟有一支木制大三角板
涂了黄漆，刻度是黑色的
他在摊开的报纸上画几何图
但他从来不相信人能垂直于大地上
后来他当了父亲依然驼着背
他儿子也不相信这么大的三角板有什么用
他买了一把卷尺闪闪发亮
他丈过自己的庭院，和前途
但很快就缩了回去
而我几乎是双手空空地来到了
没有他们存在的地方
没有土地，树木，没有庭院

我活在被人丈量过的生活中
常常随手拿起身边的各种尺子
体味着尺有所短之苦
如果我的父亲现在还活着
他一定能丈量出我们之间的距离
在他手指成灰之前也许他已经
在心里丈量过了，不然的话
为什么总有人在耳边提醒我：
“不要相信你无法抚摸的生活。”

2019

据我所知

并无真正摆脱了写的诗
当诗成为必需，写下
就意味着与上帝对掷骰子
我父亲用沉默的一生告诉我
失败并非多么难堪之事
这个终生都不认他父亲的男人
临终之际哀求我
一定要弄清楚他父亲是谁
据我所知，诗歌无法回答
这么高深莫测的问题
诗歌长在耕耘过的田间地头
在种子埋下去之后
在菜花盛开之前
这段时间充满了不确定性
我乐于在暮春回家
尾随在一个个消逝的背影后面
他们也是掷过骰子的人
输得心平气和
而越是平静，就越能靠近
所谓的诗意，据我所知
写诗的目的就是为了能成为
这样一位不知所踪的父亲

2019

图书在版编目（CIP）数据

万古烧 / 张执浩著 . -- 天津：百花文艺出版社，2021.3
（中国好诗 . 第六季）
ISBN 978-7-5306-8019-3

Ⅰ. ①万… Ⅱ. ①张… Ⅲ. ①诗集－中国－当代 Ⅳ. ①I227

中国版本图书馆 CIP 数据核字(2020)第 251048 号

万古烧
WANGU SHAO
张执浩 著

出 版 人：薛印胜
特约策划：彭明榜
选题策划：刘 勇 **责任编辑：**胡晓童
装帧设计：孙 初 申 祺
出版发行：百花文艺出版社
地址：天津市和平区西康路 35 号 **邮编：**300051
电话传真：+86-22-23332651（发行部）
+86-22-23332656（总编室）
+86-22-23332478（邮购部）
网址：http://www.baihuawenyi.com
印刷：北京精彩世纪印刷科技有限公司
开本：889×1194 毫米 1/32
字数：92 千字
印张：5.5
版次：2021 年 3 月第 1 版
印次：2021 年 3 月第 1 次印刷
定价：50.00 元

如有印装质量问题，请与北京精彩世纪印刷科技有限公司联系调换
地址：北京市海淀区学院路 5 号 768 创意园 D 座 06 号
电话：(010)82423131 邮编：100082